Analyse de l'œuvre

Par Hadrien Seret et Lucile Lhoste

Le Roi Arthur

de Michaël Morpurgo

Rendez-vous sur lepetitlitteraire.fr et découvrez :

Plus de 1200 analyses
Claires et synthétiques
Téléchargeables en 30 secondes
À imprimer chez soi

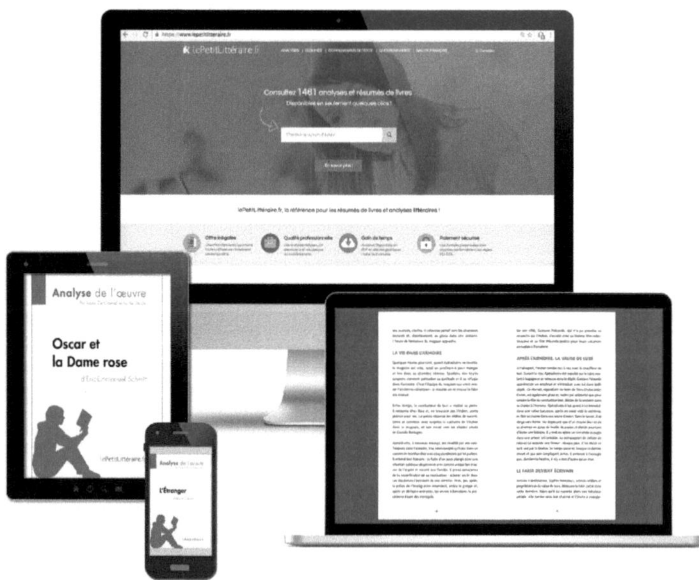

MICHAËL MORPURGO 1

LE ROI ARTHUR 2

RÉSUMÉ 3

Le roi arthur
Gauvain et le Chevalier vert
Tristan et Iseut
L'histoire de Perceval

ÉTUDE DES PERSONNAGES 10

Arthur Pendragon
Merlin
Guenièvre
Lancelot
Gauvain
Perceval
Mordred
Tristan et Iseut

CLÉS DE LECTURE 16

Schéma actantiel
Schémas narratifs
La source médiévale
La quête du Graal
La Table ronde
Le roman de chevalerie

PISTES DE RÉFLEXION 27

MICHAËL MORPURGO

AUTEUR ANGLAIS

- **Né en 1943 à St Albans (Royaume-Uni)**
- **Quelques-unes de ses œuvres :**
  - *Cheval de guerre* (1982), roman
  - *Le Royaume de Kensuké* (1999), roman
  - *Soldat Peaceful* (2004), roman

Michaël Morpurgo est un auteur anglais né près de Londres en 1943. Enseignant de formation, il rédige ses premiers romans pour ses élèves. Il présente ensuite ses histoires à des éditeurs sur les conseils de la directrice de son établissement. Parallèlement à son activité littéraire, il ouvre plusieurs fermes avec sa femme pour y accueillir, lors de visites, des enfants défavorisés. Leur action est récompensée par une décoration de l'ordre du British Empire.

Une quarantaine de titres, touchant principalement au domaine de la littérature jeunesse, voient le jour et remportent de nombreux prix : les plus célèbres sont *Cheval de guerre*, *Le Royaume de Kensuké* ou encore *Soldat Peaceful* (2003). Plusieurs de ses œuvres ont fait l'objet d'une adaptation théâtrale ou cinématographique.

LE ROI ARTHUR

UNE LÉGENDE MÉDIÉVALE RÉACTUALISÉE

- **Genre :** roman jeunesse
- **Édition de référence :** *Le Roi Arthur*, traduit de l'anglais par Noël Chassériau, Paris, Gallimard, 1995, 238 p.
- **1ʳᵉ édition :** 1994
- **Thématiques :** légende, matière de Bretagne, Table ronde, Graal, duel

Le Roi Arthur est un roman de Michaël Morpurgo publié en 1994. Comme son titre l'indique, il s'agit d'un récit centré sur la vie du roi Arthur Pendragon et raconté par ce dernier à la faveur d'une rencontre fortuite avec un jeune garçon.

Cette rencontre est le prétexte à la narration d'épisodes fameux du monarque ainsi que de quelques-uns de ses plus vaillants chevaliers. Il en résulte une histoire aussi riche en rebondissements qu'en intensité dramatique, et qui puise son contenu dans différentes sources littéraires. À travers cette œuvre, l'auteur veut proposer au public une légende dynamique, bien loin de l'image ennuyeuse qu'il avait de la littérature médiévale.

RÉSUMÉ

Alors qu'il tente de regagner sa maison après avoir atteint les iles du Levant, un petit garçon manque de se noyer et est sauvé par le roi Arthur Pendragon. Profitant de la convalescence de l'enfant, celui-ci lui raconte son histoire et celle de trois chevaliers de la Table ronde. Au terme du récit, il reconduit le garçon chez lui où personne n'a remarqué son absence car le temps ne s'écoule pas de la même manière dans le refuge du roi que dans la réalité. Gardant pour lui son aventure, le jeune garçon plante un gland donné par Arthur – qui provient de l'arbre de Merlin à Camelot – dans son jardin comme symbole d'un possible renouveau de sa légende.

LE ROI ARTHUR

Arthur passe sa jeunesse aux côtés de son frère Kay qui le méprise. Lorsque la femme de son père meurt, ce dernier lui révèle qu'il a été adopté sur ordre de Merlin. Furieux, Arthur fuit le domaine et rencontre Merlin qui s'est caché sous les traits d'un mendiant. Il l'instruit de la situation catastrophique de la Bretagne et lui affirme qu'il est capable de la sauver. Cette prédiction se réalise lorsqu'en parvenant à enlever une épée figée dans une pierre, Arthur devient roi de la Bretagne. Sous l'impulsion de Merlin, il combat les Saxons et libère petit à petit le pays de ses assaillants.

Un jour, s'étant arrêté pour prendre du repos après une grande victoire, il s'éprend, contre l'avis de Merlin, de Guenièvre, la fille de son hôte. Merlin le quitte en lui laissant comme guide son chien Bercelet. Quelques semaines plus tard, Arthur passe la nuit avec une inconnue qui se révèlera être Margawse, l'une de ses trois demi-sœurs, qui sont ses ennemies jurées. De cette union naitra Mordred qui sera accueilli dans la cour de son père. Cela n'empêche pas Arthur et Guenièvre de se marier quelque temps plus tard. Le jour de leur union, Margawse, Elaine et Morgane, les demi-sœurs d'Arthur, arrivent à la cour avec Mordred, alors enfant. Arthur reçoit la Table ronde comme cadeau de mariage de son beau-père. Merlin lui annonce les noms des chevaliers qui y prendront place plus tard.

Le lendemain, alors qu'il part à la chasse avec d'autres chevaliers, il est piégé et emprisonné, mais il arrive à se libérer à la faveur d'un tournoi qu'il remporte et récupère, par la même occasion, son épée. Le fourreau, censé le protéger des blessures, lui est ensuite volé par Morgane. Après maintes péripéties, il retourne à Camelot où il adoube le fils adoptif de dame Nemue, Lancelot. Un jour, celui-ci disparait et ne revient que des années plus tard : il avoue au roi avoir vu durant ses aventures le Graal (la coupe sacrée contenant le sang du Christ) et être tombé amoureux de Guenièvre. Arthur réintègre Lancelot à la cour et accueille également son fils Galaad, né de son union avec la fille du roi de Pelles, Elaine, lors de son séjour à Corbenic.

Quelque temps plus tard, Arthur découvre que Guenièvre entretient une liaison avec Lancelot. Dès lors, il se promet de faire disparaitre le chevalier. Mais Galaad, le fils de Lancelot, s'assied sur le siège périlleux de la Table ronde, sur lequel il est écrit « danger », et qui voue à la mort toute personne ne possédant pas de sentiments purs. La coupe du Graal surgit alors dans la pièce à la stupéfaction générale et se pose sur la table, permettant à Lancelot de l'identifier, avant de disparaitre par la même fenêtre que celle par laquelle elle était arrivée. Lorsque le chevalier signifie à Arthur son désir de partir en quête de l'objet, le roi profite de l'occasion pour lui adjoindre son père comme compagnon, dans l'espoir de s'en débarrasser. Perceval se joint à l'aventure avec d'autres combattants. Lorsque ce dernier revient des années plus tard, il raconte à Arthur que Galaad a trouvé et bu à la coupe du Graal pour rejoindre Dieu. Son corps repose à Cobernic, la patrie de sa mère.

Lancelot ne revenant pas, Guenièvre dépérit. Inquiet, Arthur finit par lancer des recherches pour le retrouver. Cette perspective revigore sa femme. Elle retrouve même la santé à la faveur d'une activité de chasse. Mais Mordred et le chevalier Agravaine informent le roi qu'il s'agit d'un prétexte pour revoir secrètement Lancelot, dont tout le monde ignorait le retour jusqu'à ce moment.

En colère, Arthur ordonne la capture des deux amants : Guenièvre est prise et condamnée au bucher pour adultère, tandis que Lancelot parvient à s'échapper, tuant Agravaine et les frères de Gauvain au passage. Le jour de sa condamnation, Lancelot sauve sa promise, avant de se retrancher dans une ville. Arthur l'assiège et récupère sa femme. Il épargne Lancelot qu'il laisse s'exiler en France. Mais le roi apprend que son ancien chevalier rallie des membres de la Table ronde à sa cause. Beaucoup l'accusent de ne pas en prendre ombrage ; c'est pourquoi il décide d'en finir avec son rival.

Laissant les rênes du pouvoir à son fils, il part combattre Lancelot. Gauvain l'accompagne, désirant venger ses frères que Lancelot a tués pour récupérer Guenièvre.

Mordred profite de l'absence de son père pour mettre la Bretagne à feu et à sang. Lorsqu'il l'apprend, Arthur s'allie avec Lancelot – les deux hommes réalisent alors qu'ils ont un ennemi commun – et part seul combattre le tyran, pendant que Lancelot garde les blessés. Gauvain, blessé d'un précédent combat contre Lancelot, meurt pendant le voyage. Il réapparait comme fantôme pour mettre Arthur en garde : combattre Mordred signifiera la ruine de Camelot. Au cours de l'affrontement entre le père et le fils, Mordred est tué par Bercelet tandis qu'Arthur, pourtant mortellement blessé par son fils, est sauvé in extrémis par dame Nemue qui l'emmène dans un endroit où personne ne pourra le retrouver.

GAUVAIN ET LE CHEVALIER VERT

Un jour, le Chevalier vert se présente à la cour d'Arthur et raille l'ensemble des combattants présents pour leur faiblesse. Désireux de laver l'honneur de ses camarades, Gauvain se propose de relever le défi lancé par le chevalier : tenter de le tuer d'un coup de hache. Mais il échoue et doit se rendre, un an plus tard, dans le domaine de son ennemi pour que ce dernier puisse lui aussi tenter sa chance sur le chevalier de la Table ronde.

En chemin, il s'arrête chez un étrange seigneur qui est en ré-alité le Chevalier vert. Celui-ci lui demande de lui rapporter tout ce qu'il trouve dans son château en échange du produit de sa chasse, Mais la seule chose que Gauvain découvre, ce sont les baisers de la châtelaine qui tente de le séduire et que le chevalier répercute sur son hôte, conformément à leur pacte. Lorsque la dame lui offre une ceinture magique qui a le pouvoir de le sauver du Chevalier vert, il omet de la donner au seigneur.

Le jour dit, il se rend au domaine du Chevalier vert et celui-ci tente par trois fois de l'abattre sans succès. Alors que Gauvain s'apprête à se défendre, il découvre l'identité de son ennemi. Celui-ci lui dévoile que sa capacité à se verdir lui a été conférée par dame Nemue dans le but d'effrayer et ainsi d'éprouver le courage des défenseurs de la cour du roi Arthur. Gauvain revient quelques semaines plus tard à la cour, où personne ne met son récit en doute.

TRISTAN ET ISEUT

Un ménestrel mélancolique (qui est en réalité Tristan) se présente à la cour d'Arthur. Il y raconte son histoire.

Le roi Marc de Cornouailles, sans cesse lourdement taxé par ses ennemis irlandais, décide de se rebeller. Tristan, pourtant peu expérimenté, se désigne pour combattre le champion d'Irlande et le tue, faisant tourner la querelle à l'avantage de son monarque. Iseut, la sœur du champion irlandais, pleure la mort de son frère et promet de se venger.

La tension étant toujours vive entre les deux peuples, le roi Marc décide de demander la main d'Iseut pour obtenir la paix et envoie Tristan en Irlande. Là-bas, le héros terrasse un dragon qui terrifiait le pays. Or la reine a promis que sa fille,

Iseut, épouserait celui qui vaincrait le dragon. Mais celle-ci ne veut pas s'unir à Tristan, puisqu'il a tué son frère. Elle accepte cependant de se marier avec le roi Marc. Tristan et Iseut finissent toutefois par tomber amoureux. Un jour, le roi découvre leur liaison et chasse Tristan de son royaume, au grand dam d'Iseut.

Dix ans plus tard, Tristan séjourne à Camelot, avant de repartir à l'aventure et d'épouser une autre Iseut. Au seuil de la mort, il souhaite revoir sa bienaimée mais son épouse, jalouse, lui affirme qu'elle ne viendra pas. Le couple illégitime finira cependant par être réuni dans la mort, enterré ensemble dans la chapelle de Tintagel.

L'HISTOIRE DE PERCEVAL

Perceval, qui a été élevé dans les bois, découvre un jour une arme, et décide de s'en servir dans des explorations qui le mènent de plus en plus loin. C'est ainsi qu'en chassant, il rencontre par hasard Lancelot et ses frères Hector et Lionel. Lancelot l'invite à se rendre à la cour d'Arthur. Tout agité par cet entretien, Perceval court le raconter à sa mère qui, effondrée, lui révèle ses secrets. Il est le fils du roi Pelinore, tué des années auparavant par Agravaine. Elle consent à ce qu'il se rende à la cour, mais à la condition qu'il ne cherche pas à venger son père.

Peu après son arrivée à la cour, Perceval assiste à l'incursion du Chevalier doré, qui provoque Arthur et s'en va avec son gobelet en souvenir. Perceval obtient la permission de le poursuivre, armé de sa seule javeline, pour venger cet affront. Toutefois, Arthur, inquiet, part à sa suite avec

Lancelot, Gauvain et Galaad, devenus adultes. Mais lorsqu'ils arrivent sur place, Perceval a déjà tué le Chevalier doré. Arthur l'adoube après qu'il a révélé ses origines et les raisons de sa venue. Bien des années plus tard, il part en quête du Graal avec d'autres chevaliers. Son chemin le mène à Corbenic où il épouse Blanchefleur, fille du maitre des lieux. Il seconde ensuite le roi de Pelles, désormais âgé.

ÉTUDE DES PERSONNAGES

ARTHUR PENDRAGON

Michaël Morpurgo dresse un portrait évolutif du roi Arthur tout au long du récit. Dans le premier chapitre, le héros se définit lui-même comme ayant été un garçon « rêveur et aventureux » (p. 18), possédant une curiosité innée pour toutes les choses, qu'elles soient naturelles (la chasse, la maitrise des armes) ou plus philosophiques (la différence entre le bien et le mal). Il manque pourtant de confiance en lui (pensons aux canailleries de Kay), mais cela s'estompera progressivement sous la houlette de Merlin.

Une fois investi de son autorité royale, Arthur fait progressivement abstraction des mises en garde du magicien, préférant gouverner par lui-même alors que la présence de son conseiller semble de plus en plus nécessaire : il sauve in extrémis son protégé d'une mort certaine contre le chevalier de Pelinore et lui prédit que Mordred sera l'homme qui détruira la cour de Camelot.

Nanti d'une liberté totale d'agir lorsque le magicien se sépare de lui, le monarque fait prospérer son royaume tout en devenant paradoxalement un personnage secondaire, les exploits des chevaliers de la Table ronde prenant peu à peu le pas sur sa renommée et sa vaillance (« J'étais moins brave que j'en avais l'air », p. 122). Cette précarisation de sa situation, symbolisée par le nombre de combattants qui le quittent pour partir à la recherche du Graal, l'amène à adopter un comportement plus orgueilleux : Arthur sent le besoin de réaffirmer sans cesse son pouvoir (« Suis-je encore le roi, oui ou non ? », p. 202), quitte à enfreindre quelques lois élémentaires de chevalerie (telle la seconde attaque contre Lancelot, qui est la violation d'un pacte).

Le massacre de la Bretagne par Mordred rappelle finalement au vieux roi son rôle de protecteur du pays et les vertus qui y sont inhérentes : sa fin s'apparente à une rédemption des fautes commises et le début de la réflexion sur ces dernières.

MERLIN

Merlin, dans le récit du *Roi Arthur*, est le compagnon de dame Nemue ainsi que le maitre de Bercelet. Il travaille activement à la sauvegarde du royaume de Bretagne. C'est dans cette optique qu'il veillera sur l'enfance d'Arthur et l'assistera dans ses tâches une fois le héros devenu roi : il sera l'adjuvant de ce dernier grâce à ses conseils (dictés par sa capacité à voir l'avenir) et ses pouvoirs magiques qui sortiront son protégé de situations périlleuses. Cependant, son omniscience, son omniprésence et sa volonté de tout contrôler dégraderont rapidement ses relations avec un Arthur désireux d'avoir la liberté de décider seul de son existence. Il finira par se retirer du monde peu après la rencontre entre Arthur et Guenièvre (qu'il désapprouve). Avant cela, il confie à Arthur son chien Bercelet qui deviendra le bourreau de Mordred. Il réapparait le jour des noces pour annoncer à Arthur que l'enfant que Margawse amène à la cour est son propre fils.

GUENIÈVRE

Guenièvre, fille du roi Leodegraunce et épouse d'Arthur, est un personnage qui n'a d'abord que peu d'importance dans l'intrigue. Son rôle devient plus important suite à sa liaison avec le chevalier Lancelot, pour lequel elle éprouve un amour sincère, comme en témoigne la souffrance qu'elle ressent lorsque celui-ci ne revient pas de la quête du Graal. Elle use cependant de tromperie pour le revoir, ce qui lui coute presque la mort sur le bucher. Cet épisode constitue une preuve de sa relation adultère avec Lancelot. Elle est sauvée au dernier moment par son amant. On apprend ensuite, par Arthur, qu'elle s'est retirée dans un couvent après la disparition de son époux et est décédée à un âge avancé.

LANCELOT

Lancelot est le fils de dame Nemue : c'est par ce lien de parenté qu'il est intégré à la cour de Camelot où sa bravoure lui fera gagner l'estime de tous. Très aimé d'Arthur, il partage la vie du couple royal : il finit par tomber secrètement amoureux de Guenièvre avec qui il aura une liaison et ce, malgré le dilemme qu'il éprouve entre ses sentiments personnels et le respect dû à son suzerain (paradoxe que l'on retrouvera également chez Tristan). Pourchassé par Arthur, Lancelot lui restera néanmoins fidèle.

Malgré ses qualités chevaleresques et sa participation à la quête du Graal (même si elle est forcée par Arthur qui veut se débarrasser de lui), Lancelot ne parvient pas à atteindre ce but religieux suprême et ne réapparait que pour que l'on apprenne la reprise de sa liaison avec Guenièvre. Il est à ce point amoureux de Guenièvre qu'il ne cède à Elaine que parce qu'il lui trouve une ressemblance avec la première. Quand il réalise ce qu'il a fait, après leur nuit d'amour, il s'enfuit. Ce n'est que cinq ans plus tard environ qu'il la retrouve par hasard et apprend en même temps la naissance de Galaad, son fils. C'est ce dernier qui mènera la quête du saint Graal à son terme et qui boira la coupe sacrée. Suite à la mort de Mordred et à la disparition d'Arthur, Lancelot se fait ermite. À sa mort, on l'enterre aux côtés de Guenièvre.

GAUVAIN

Gauvain, au contraire de Lancelot, est présenté au fil de l'histoire comme le modèle presque parfait du chevalier. C'est, en effet, un combattant hors pair, aimant tester son courage au cours de quêtes et n'hésitant pas à mettre sa vie en jeu pour défendre l'honneur de son roi (c'est lui qui se propose d'emblée pour combattre le Chevalier vert). En outre, il considère la notion de fidélité comme primordiale et n'hésite pas à la faire passer au-dessus de ses intérêts per-sonnels (par exemple lorsqu'il repousse les avances d'une dame par respect pour son mari). Il éprouve cependant des craintes qui peuvent parfois le faire dévier de sa philosophie de vie : on le verra ainsi mentir pour essayer de sauver sa vie face au Chevalier vert.

Gauvain affronte Lancelot pour venger ses frères morts, mais meurt des suites d'une blessure à la tête infligée pendant ce combat. Il réapparait ensuite sous la forme d'un fantôme pour prévenir Arthur que s'il affronte Mordred, cela signera la fin de son royaume.

PERCEVAL

Perceval est un combattant dont le caractère se situe à mi-chemin entre ceux de Lancelot et Gauvain. Fils d'un roi, il a été élevé par sa mère dans les bois, après la mort de son père. Comme Gauvain, Perceval est très attaché à Arthur et gagne la reconnaissance de tous en battant un chevalier qui a offensé son roi. Mais, à l'instar de Lancelot, il sait également écouter ce que son cœur lui dicte : c'est pour cela qu'il part à la quête du Graal sans que son monarque ne lui en donne l'autorisation ou qu'il se désengage de son serment après un mariage qui le fera devenir seigneur d'un domaine.

MORDRED

Mordred, le fils illégitime d'Arthur et de sa demi-sœur Margawse, est introduit à la cour lorsqu'il en a l'âge. Il se révèle rapidement être un personnage perfide, qui ne manque pas de trahir son propre père sitôt qu'il en a l'occasion. C'est lui qui révèle à Arthur que Guenièvre et Lancelot ont repris leur liaison. Ensuite, lorsqu'Arthur quitte Camelot pour partir à la poursuite de Lancelot, coupable d'adultère avec Guenièvre, Mordred fait régner la terreur sur ses contrées, ce qui provoque une bataille entre son père et lui. Il est mortellement blessé par Bercelet lors de ce combat.

TRISTAN ET ISEUT

Tristan et Iseut, le couple emblématique du troisième récit conté par Arthur, sont des amants que la passion réunit même dans la mort. C'est Tristan lui-même qui explique son histoire à Arthur lorsqu'il arrive à sa cour : envoyé en Irlande pour demander la main d'Iseut au nom du roi de Cornouailles, il finit par s'éprendre de la jeune femme (et réciproquement). Il illustre d'abord son courage dans un affrontement contre le frère d'Iseut, puis contre le dragon qui fait régner la terreur en Irlande. Comme Lancelot, il oscille entre sa fidélité à son roi (qui est, comme pour Arthur, le mari de la femme qu'il aime) et les sentiments amoureux qui le lient à Iseut.

Cette dernière, fille de la reine d'Irlande puis épouse du roi de Cornouailles, est intelligente et consciente des enjeux politiques de son temps – c'est elle qui consent à épouser le roi Marc pour maintenir la paix –, mais ne peut s'empêcher de céder à la passion. Séparée de son amant lorsque ce dernier est exilé par son mari, elle n'hésite pas à se précipiter à sa rencontre, dix ans plus tard, en se cachant de Marc, quand elle apprend qu'il est à l'article de la mort. Tristan décède après avoir été piétiné par un cheval, et Iseut connait le même sort quand son cœur se brise en découvrant son corps.

CLÉS DE LECTURE

SCHÉMA ACTANTIEL

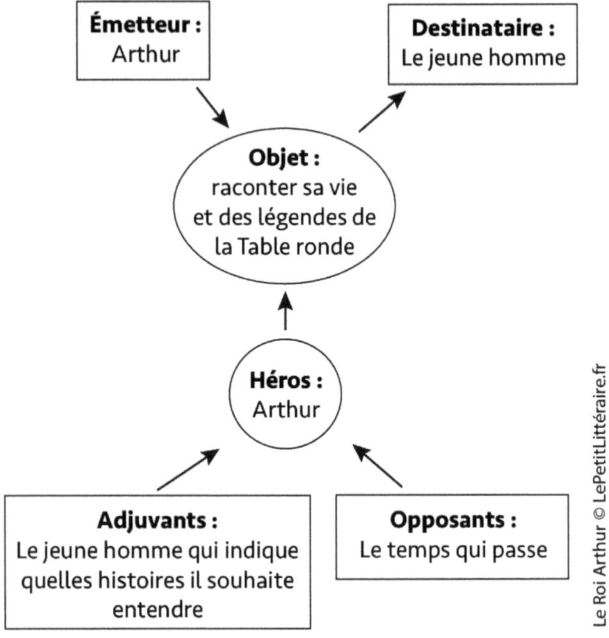

SCHÉMAS NARRATIFS

Le Roi Arthur est un roman qui se présente sous la forme d'un récit enchâssé, c'est-à-dire qu'il y a plusieurs récits qui sont racontés au sein d'une histoire principale. On peut dresser le schéma narratif de cette dernière comme suit :

Situation initiale : c'est le début de l'histoire, le moment où le décor est planté et où les personnages sont présentés ; la situation est équilibrée, c'est-à-dire qu'elle n'a aucune raison d'évoluer.

- Un jeune homme décide, à l'insu de sa famille, d'aller jusqu'aux iles du Levant à pied et de revenir, en une journée.

Élément perturbateur : c'est un évènement qui vient perturber la situation initiale et qui va déclencher l'histoire proprement dite.

- Une tempête se lève lors du retour. Le jeune homme manque de se noyer, mais il est sauvé par le roi Arthur.

Péripéties : ce sont les évènements provoqués par l'élément perturbateur et qui entrainent la ou les actions entreprises par le héros pour résoudre le problème.

- Arthur raconte son existence au jeune homme pendant que ses vêtements sèchent : ses origines, comment il est devenu roi, comment il a pacifié la Bretagne avec l'aide de Merlin, sa rencontre avec Guenièvre, son adultère qui mènera à la naissance de Mordred, l'accueil des chevaliers de la Table ronde (Gauvain, Perceval, Galaad, Lancelot), le bannissement de Lancelot et la tentative de mise à mort de Guenièvre pour adultère, le sauvetage de cette dernière par son amant, le siège des châteaux de celui-ci par Arthur, le retour en Bretagne pour sauver son royaume des mains de Mordred et la disparition du roi qui est emmené dans une grotte où le temps s'écoule différemment que dans la réalité.

Dénouement : il met un terme aux péripéties et conduit à la situation finale.

- Empli des légendes et de la bravoure du roi Arthur, le jeune homme retourne sain et sauf chez lui, sans que ses parents n'aient rien remarqué.

Cependant, il ne faut pas perdre de vue que les récits racontés par le roi Arthur, bien que secondaires dans l'agencement narratif, constituent également des histoires à part entière pouvant faire l'objet d'un schéma narratif. Voici par exemple, celui du Chevalier vert :

Situation initiale :

- Arthur et sa cour fêtent la Saint-Sylvestre à Camelot.

Élément perturbateur :

- Le Chevalier vert interrompt les réjouissances et somme les combattants de montrer leur bravoure légendaire en relevant un défi. Gauvain accepte.

Péripéties :

- Gauvain échoue à couper la tête de son ennemi ; il doit donc subir la même épreuve un an plus tard chez le Chevalier vert. En chemin, il est hébergé par un seigneur, avec qui il passe le pacte du donné-rendu. Il subit ensuite les avances de la châtelaine, puis reçoit une ceinture magique qui le sauvera, mais il ne dit rien.

Dénouement :

- Le Chevalier vert ne coupe pas la tête de Gauvain et loue la perfection du chevalier. Il explique que le défi a été élaboré par dame Nemue pour tester le courage des combattants d'Arthur.

De ce fait, il serait également possible de faire un schéma actantiel de toutes les autres histoires enchâssées dans le récit principal.

LA SOURCE MÉDIÉVALE

L'origine : la matière de Bretagne

La matière de Bretagne est un terme qui sert à désigner un ensemble de contes et de légendes d'origine celtique qui se transmettaient initialement de manière orale. C'est dans celui-ci que l'on retrouve originellement certains personnages ou lieux repris par Morpurgo dans son récit : Merlin l'Enchanteur, le couple formé par Tristan et Iseut, mais aussi la Table ronde ou encore Camelot.

La figure du roi Arthur appartient également à cet ensemble de textes, mais son traitement par l'auteur Chrétien de Troyes (poète français, un des premiers auteurs de romans de chevalerie, vers 1135-1183) à travers plusieurs romans (*Perceval ou la Quête du Graal*, *Lancelot ou le Chevalier de la charrette*, etc.) l'élèvera à un statut légendaire. Ce dernier sera par ailleurs repris par la dynastie des Plantagenêts qui en feront leur ancêtre, octroyant ainsi à leur lignée une origine mythique qui justifie leur autorité.

Fidélité de la reprise

Pour conter les histoires de son roman, l'auteur s'est fidèlement inspiré de la matière de Bretagne, ou tout du moins de certaines versions de la mythologie. Certains éléments diffèrent selon les textes, comme les relations familiales qui peuvent diverger d'une source médiévale à l'autre.

La référence à la légende commence avant même le début de l'histoire d'Arthur, car l'endroit où il est réfugié est important dans le mythe : il s'agit de l'ile d'Avalon, lieu de repos éternel pour les héros décédés, comme l'est l'Élysée dans la mythologie grecque. Après avoir été mortellement blessé lors du combat qui l'a opposé à Mordred, Arthur y a été transporté. Certaines versions affirment qu'il y est mort, d'autres qu'il y est en sommeil en attendant le moment où son royaume aurait de nouveau besoin de lui. C'est, semble-t-il, cette deuxième hypothèse que l'auteur du roman a exploitée.

L'ensemble des personnages de ces récits (Guenièvre, Lancelot, Gauvain, Perceval, etc.) sont eux aussi repris des légendes arthuriennes avec les caractéristiques qui leur sont propres. La liaison entre Lancelot et Guenièvre, par exemple, est reprise dans plusieurs textes (dont le *Lancelot ou le Chevalier de la charrette* de Chrétien de Troyes). Les points de divergences se jouent en réalité essentiellement sur des détails : par exemple, c'est initialement Arthur, et non Bercelet, qui tue Mordred, le père et le fils s'entretuant lors de la bataille qui les oppose.

En ce qui concerne la légende de Tristan et Iseut, le roman de Michaël Morpurgo fait état de la mort du frère d'Iseut par Tristan, alors que ce dernier tue, dans les textes médiévaux, son oncle Morholt. Mais la passion amoureuse illustrée par ce récit demeure : promise au roi Marc, Iseut tombe amoureuse de celui qui doit l'amener à son futur époux. La légende veut que Tristan, après son exil, se lie d'amitié avec Kaherdin et épouse sa sœur, également prénommée Iseut. Cette dernière provoque la mort des amants en prétendant qu'Iseut la Blonde ne viendra pas soigner son amant blessé : Tristan meurt de chagrin, de même qu'Iseut lorsqu'elle le découvre inerte.

LA QUÊTE DU GRAAL

Le Graal est un objet sacré qui est au cœur de nombreuses

quêtes entreprises par les chevaliers de la Table ronde et qui constitue à cet égard un élément clé des légendes arthuriennes. Il apparait pour la première fois dans le château du Roi pêcheur, dans *Perceval ou le Conte du Graal* de Chrétien de Troyes. Perceval s'y étant arrêté pour y diner, il aperçoit à plusieurs reprises un magnifique plateau avec une lance qui saigne et des chandeliers d'or, mais il ne pose pas de questions à ce propos. Il apprendra plus tard que s'il l'avait fait, il aurait soulagé le roi de ses blessures ce qui aurait permis à ce dernier de retrouver son pouvoir royal. Le roman s'interrompt sans que Perceval ne soit retourné à Corbenic.

Ce n'est que par la suite que le Graal acquiert sa pleine signification religieuse, chère au Moyen Âge. Présenté sous divers aspects, dont celui d'une coupe ayant recueilli le sang du Christ, il devient objet de mystère et de symbolisme. La quête du Graal est en effet intimement liée à la foi chrétienne, extrêmement vivace à cette époque, et à la pureté. Par la suite, le mot désigne par extension tout objectif d'une quête ultime et potentiellement impossible.

Dès les continuations de l'œuvre de Chrétien de Troyes, Galaad, en tant qu'être pur dénué du moindre vice – contrairement à son père qui s'est rendu coupable d'adultère –, est le seul à pouvoir boire à la coupe du Graal et à accéder à la vie éternelle. Son apparition à la Table ronde symbolise par conséquent la fin des temps païens pour laisser la place à la religion chrétienne, mais aussi la fin des quêtes de chevalerie. Le Graal devient dès lors la seule finalité des efforts des chevaliers.

Chez Chrétien de Troyes, le Graal n'est toutefois qu'approché : Perceval le voit, mais ne s'interroge pas plus avant et ne peut y accéder.

L'œuvre de Morpurgo complète la légende et bouleverse quelque peu cette chronologie :

- Dame Nemue annonce à Arthur que le siège marqué « danger » sera occupé par le seul chevalier de la salle n'ayant commis aucun péché, suite à quoi Galaad se dirige vers le siège en affirmant être le chevalier du Saint Graal ;
- sitôt qu'il s'assied, une coupe arrive au centre de la Table ronde dans une explosion de lumière et de feu. Lancelot la reconnait comme la coupe du Saint-Graal, dans laquelle Jésus a bu pour la dernière fois, et qui a été apportée dans le pays par Joseph d'Arimathie ;
- la coupe disparait, et Galaad annonce partir en quête de l'objet. Arthur, qui souhaite accabler Lancelot, l'y autorise et incite son père à partir avec lui pour le protéger et lui indiquer la direction de Corbenic, qu'il connait déjà ;
- de nombreux chevaliers veulent l'accompagner. Arthur doit y consentir, mais Lancelot le prévient que son désir de le voir mort précipitera la fin du royaume. Tant de chevaliers désirent en effet suivre Lancelot qu'il n'en reste plus assez pour défendre les terres ;
- lorsque Perceval revient de la quête longtemps après, il raconte que Galaad a trouvé le Graal et rejoint Dieu. Le roi de Pelles est également guéri de ses blessures ;
- peu de chevaliers reviennent à Camelot. Comme Lancelot l'avait prédit, les défenses du royaume s'en retrouvent considérablement affaiblies.

Comme chez Chrétien de Troyes, le Graal est localisé à

Corbenic, auprès d'un roi blessé qui est guéri lorsque le Graal est retrouvé. On peut néanmoins noter une différence fondamentale : c'est Lancelot, et non Perceval, qui y aperçoit l'objet sacré et est à même de le reconnaitre lorsqu'il apparait sur la Table ronde. Toute la suite de la quête, non présente chez l'auteur médiéval, est ensuite racontée. Morpurgo opère donc en quelque sorte une synthèse des sources médiévales puisqu'il raconte la quête du Graal de bout en bout.

LA TABLE RONDE

Tous les chevaliers dont Arthur narre les exploits (y compris Tristan) ont pris place autour de la Table ronde. Ce terme désigne la table autour de laquelle Arthur et ses chevaliers se réunissaient, sans distinction de hiérarchie entre les combattants. Elle est passée dans la légende, apparaissant pour la première fois en littérature dans *Le Roman de Brut* de Wace (poète normand du XIIe siècle). Les textes attribuent la paternité de la Table ronde tantôt à Uter, le père d'Arthur, tantôt à Merlin. Après la mort d'Uter, elle appartient à Léodagan (roi de Carmélide et père de Guenièvre) puis passe entre les mains d'Arthur en guise de dot lors du mariage royal.

La Table ronde réunit l'élite des chevaliers, sans distinction de hiérarchie ou d'origine, et représente symboliquement le monde dans lequel ils évoluent. Ceux qui y siègent (jusqu'à 1600 selon les textes) doivent faire preuve de grandes qualités chevaleresques et prouver régulièrement leur valeur et leur fidélité au roi. Comme Michaël Morpurgo l'illustre dans

son roman, la table est pourvue d'un siège « maudit », c'est
à dire que celui qui s'y assoit est voué à la mort s'il n'est pas
considéré comme le meilleur des chevaliers. Ce n'est pas un
hasard si c'est Galaad qui y prend place sans dommage : c'est
également lui qui, dans les légendes arthuriennes, présente
des sentiments assez purs et des qualités de chevalier assez
grandes pour parvenir au Graal.

LE ROMAN DE CHEVALERIE

Comme la trame du *Roi Arthur* est composée d'une suite de
légendes empruntées à la matière de Bretagne ou à l'un de
ses illustrateurs, et destinées à un jeune public, on ne peut
pas vraiment parler de roman de chevalerie au sens strict du
terme. Néanmoins, quelques caractéristiques inhérentes au
genre se retrouvent dans cette fusion de récits, qu'il semble
adéquat d'épingler ici :

- **la bravoure et la nécessité de l'aventure**. Tout chevalier se doit d'accomplir des exploits afin de prouver son
  courage et d'être respecté par ses pairs. D'où le souci
  constant de ce dernier de partir en quête (par exemple
  à la recherche du Graal), de répondre à des défis (comme
  c'est le cas du Chevalier vert) ou de participer à des tour-
  nois (pensons à la joute organisée pour tester la valeur
  de Lancelot). En outre, les actes de bravoure doivent
  être réguliers dans le temps : un combattant perd toute
  crédibilité en se reposant trop longtemps sur ses lauriers
  (la diatribe du Chevalier doré) ;
- **l'importance de la féodalité et ses conséquences**. Au
  Moyen Âge, tout chevalier devait obéissance et soumis-

sion au seigneur qui l'élevait à cet état. Cela impliquait qu'aucune trahison n'était tolérée sous peine de mort ou de bannissement. Une telle contrainte éclaire donc le dilemme auquel se sont exposés des personnages comme Tristan ou Lancelot, tout en expliquant l'extrême sévérité des jugements de leurs actes. Dans le même ordre d'idées, la prise de parti de certains chevaliers de la Table ronde au profit de Lancelot, et ce contre le roi Arthur, est une faillite du pacte féodal que ce dernier a instauré et annonce la chute prochaine de son règne ;

- **le merveilleux**. Le roman de chevalerie a notamment construit sa popularité sur la présence de phénomènes, d'objets ou de personnages surnaturels survenant dans le cadre apparemment réaliste du genre. Ce moteur du récit est conservé par l'auteur notamment à travers Merlin, l'épée magique Excalibur ou encore les manifestations précédant l'apparition du Graal à Camelot.

De façon plus générale, il est également possible de relier ce roman à la fantasy arthurienne. Les légendes arthuriennes ont en effet inspiré les auteurs, jusqu'à aujourd'hui, à un point tel qu'il existe un sous-genre de fantasy intégralement dédié à ces intrigues dans lesquelles interviennent Merlin, Arthur et les chevaliers de la Table ronde (en tant que personnages ou motifs principaux, ce qui les distingue des autres sous-genres). Il s'agit d'une preuve que la cour du roi Arthur, et plus largement les récits médiévaux qui y sont rattachés, continuent de fasciner les lecteurs, même à notre époque.

PISTES DE RÉFLEXION

QUELQUES QUESTIONS POUR APPROFONDIR SA RÉFLEXION...

- Quels éléments permettent de relier *Le Roi Arthur* au genre du roman de chevalerie ?
- Y a-t-il un ou plusieurs arcs narratifs dans le roman ? Quels sont-ils ?
- Peut-on présenter le roman de Michaël Morpurgo comme une simple réécriture de mythes anciens ? Qu'est-ce qui le distingue de la légende ?
- Malgré le titre, de nombreux autres personnages qu'Arthur sont présentés dans le roman. Quel symbole de la légende les rattache les uns aux autres ?
- Quelle caractéristique partagent Lancelot et Tristan, et en quoi influence-t-elle leur devenir ?
- Quel rôle Merlin joue-t-il auprès de son souverain ? Comment Arthur s'accommode-t-il de cette relation ?
- Malgré sa relation adultère avec Guenièvre, Lancelot peut-il encore être considéré comme un chevalier ? Pourquoi selon vous ?
- À votre avis, pourquoi Galaad est-il le seul à atteindre le Graal ? Qu'est-ce qui le distingue des autres chevaliers ?
- Qu'est-ce qui a motivé l'écriture du *Roi Arthur* ? Selon vous, l'auteur a-t-il atteint son but ?
- En quoi peut-on classer le roman dans le genre de la fantasy arthurienne plutôt que dans la fantasy médiévale ou l'heroic fantasy, par exemple ?

Votre avis nous intéresse !
Laissez un commentaire sur le site de votre librairie en ligne
et partagez vos coups de cœur sur les réseaux sociaux !

POUR ALLER PLUS LOIN

ÉDITION DE RÉFÉRENCE

- MORPURGO M., *Le Roi Arthur*, traduit de l'anglais par Noël Chassériau, Paris, Gallimard Jeunesse, 1995.

ÉTUDES DE RÉFÉRENCE

- BOUTET D., *Histoire de la littérature française du Moyen Âge*, Paris, Champion, coll. « Unichamp essentiel », 2003.
- « Le roi Arthur : Histoire et légende », in *Histoire pour tous*, 2011, consulté le 26 septembre 2016, http://http://www.histoire-pour-tous.fr/dossiers/91-mythologies/132-le-roi-arthur-les-secrets-dune-legende.html
- QUÉRUEL D., « Arthur et les chevaliers de la Table ronde », in *BnF : La légende du roi Arthur*, consulté le 26 septembre 2016, http://expositions.bnf.fr/arthur/arret/01.htm
- « Tristan et Iseut », in *@La lettre*, consulté le 26 septembre 2016, http://www.alalettre.com/beroul-oeuvres-tristan-et-iseut.php

SUR LEPETITLITTÉRAIRE.FR

- Fiche de lecture sur *Cheval de guerre* de Michaël Morpurgo.
- Fiche de lecture sur *Le Royaume de Kensuké* de Michaël Morpurgo.
- Fiche de lecture sur *Érec et Énide* de Chrétien de Troyes.
- Fiche de lecture sur *Lancelot ouLe Roi le Chevalier de la charrette* de Chrétien de Troyes.

- Fiche de lecture sur *Perceval ou le Roman du Graal* de Chrétien de Troyes.
- Fiche de lecture sur *Yvain ou le Chevalier au lion* de Chrétien de Troyes.
- Questionnaire de lecture sur *Yvain ou le Chevalier au lion.*

Retrouvez notre offre complète sur lePetitLittéraire.fr

- des fiches de lectures
- des commentaires littéraires
- des questionnaires de lecture
- des résumés

ANOUILH
- Antigone

AUSTEN
- Orgueil et
  Préjugés

BALZAC
- Eugénie Grandet
- Le Père Goriot
- Illusions perdues

BARJAVEL
- La Nuit des
  temps

BEAUMARCHAIS
- Le Mariage
  de Figaro

BECKETT
- En attendant
  Godot

BRETON
- Nadja

CAMUS
- La Peste
- Les Justes
- L'Étranger

CARRÈRE
- Limonov

CÉLINE
- Voyage au bout
  de la nuit

CERVANTÈS
- Don Quichotte
  de la Manche

CHATEAUBRIAND
- Mémoires
  d'outre-tombe

**CHODERLOS
DE LACLOS**
- Les Liaisons
  dangereuses

CHRÉTIEN DE TROYES
- Yvain ou le
  Chevalier au lion

CHRISTIE
- Dix Petits Nègres

CLAUDEL
- La Petite Fille de
  Monsieur Linh
- Le Rapport
  de Brodeck

COELHO
- L'Alchimiste

CONAN DOYLE
- Le Chien des
  Baskerville

DAI SIJIE
- Balzac et la
  Petite
  Tailleuse chinoise

DE GAULLE
- Mémoires
  de guerre
  III. Le Salut.
  1944-1946

DE VIGAN
- No et moi

DICKER
- La Vérité sur
  l'affaire Harry
  Quebert

DIDEROT
- Supplément
  au Voyage de
  Bougainville

DUMAS
• Les Trois
  Mousquetaires

ÉNARD
• Parlez-leur
  de batailles,
  de rois et
  d'éléphants

FERRARI
• Le Sermon sur la
  chute de Rome

FLAUBERT
• Madame Bovary

FRANK
• Journal
  d'Anne Frank

FRED VARGAS
• Pars vite et
  reviens tard

GARY
• La Vie devant soi

GAUDÉ
• La Mort du
  roi Tsongor
• Le Soleil des
  Scorta

GAUTIER
• La Morte
  amoureuse
• Le Capitaine
  Fracasse

GAVALDA
• 35 kilos d'espoir

GIDE
• Les
  Faux-Monnayeurs

GIONO
• Le Grand
  Troupeau
• Le Hussard
  sur le toit

GIRAUDOUX
• La guerre de
  Troie
  n'aura pas lieu

GOLDING
• Sa Majesté des
  Mouches

GRIMBERT
• Un secret

HEMINGWAY
• Le Vieil Homme
  et la Mer

HESSEL
• Indignez-vous !

HOMÈRE
• L'Odyssée

HUGO
• Le Dernier Jour
  d'un condamné
• Les Misérables
• Notre-Dame
  de Paris

HUXLEY
• Le Meilleur
  des mondes

IONESCO
• Rhinocéros
• La Cantatrice
  chauve

JARY
• Ubu roi

JENNI
• L'Art français
  de la guerre

JOFFO
• Un sac de billes

KAFKA
• La Métamorphose

KEROUAC
• Sur la route

KESSEL
• Le Lion

LARSSON
• Millenium I. Les
  hommes qui
  n'aimaient pas
  les femmes

LE CLÉZIO
• Mondo

LEVI
• Si c'est un
  homme

LEVY
• Et si c'était vrai…

MAALOUF
• Léon l'Africain

MALRAUX
- La Condition
  humaine

MARIVAUX
- La Double
  Inconstance
- Le Jeu de l'amour
  et du hasard

MARTINEZ
- Du domaine
  des murmures

MAUPASSANT
- Boule de suif
- Le Horla
- Une vie

MAURIAC
- Le Nœud
  de vipères

MAURIAC
- Le Sagouin

MÉRIMÉE
- Tamango
- Colomba

MERLE
- La mort est
  mon métier

MOLIÈRE
- Le Misanthrope
- L'Avare
- Le Bourgeois
  gentilhomme

MONTAIGNE
- Essais

MORPURGO
- Le Roi Arthur

MUSSET
- Lorenzaccio

MUSSO
- Que serais-je
  sans toi ?

NOTHOMB
- Stupeur et
  Tremblements

ORWELL
- La Ferme
  des animaux
- 1984

PAGNOL
- La Gloire de
  mon père

PANCOL
- Les Yeux jaunes
  des crocodiles

PASCAL
- Pensées

PENNAC
- Au bonheur
  des ogres

POE
- La Chute de la
  maison Usher

PROUST
- Du côté de
  chez Swann

QUENEAU
- Zazie dans
  le métro

QUIGNARD
- Tous les matins
  du monde

RABELAIS
- Gargantua

RACINE
- Andromaque
- Britannicus
- Phèdre

ROUSSEAU
- Confessions

ROSTAND
- Cyrano de
  Bergerac

ROWLING
- Harry Potter à
  l'école des sor-
  ciers

SAINT-EXUPÉRY
- Le Petit Prince
- Vol de nuit

SARTRE
- Huis clos
- La Nausée
- Les Mouches

SCHLINK
- Le Liseur

SCHMITT
- La Part de l'autre
- Oscar et la
  Dame rose

SEPULVEDA
- Le Vieux qui
  lisait des romans
  d'amour

SHAKESPEARE
- Roméo et Juliette

SIMENON
- Le Chien jaune

STEEMAN
- L'Assassin
  habite au 21

STEINBECK
- Des souris et
  des hommes

STENDHAL
- Le Rouge et
  le Noir

STEVENSON
- L'Île au trésor

SÜSKIND
- Le Parfum

TOLSTOÏ
- Anna Karénine

TOURNIER
- Vendredi ou
  la Vie sauvage

TOUSSAINT
- Fuir

UHLMAN
- L'Ami retrouvé

VERNE
- Le Tour
  du monde
  en 80 jours
- Vingt mille
  lieues sous
  les mers
- Voyage au
  centre de
  la terre

VIAN
- L'Écume des jours

VOLTAIRE
- Candide

WELLS
- La Guerre des
  mondes

YOURCENAR
- Mémoires
  d'Hadrien

ZOLA
- Au bonheur
  des dames
- L'Assommoir
- Germinal

ZWEIG
- Le Joueur
  d'échecs

ISBN version numérique : 978-2-8062-8673-4
ISBN version papier : 978-2-8062-8674-1
Dépôt légal : D/2016/12603/604

Avec la collaboration de Lucile Lhoste pour les personnages de Guenièvre, Mordred, Tristan et Iseut, pour les chapitres « Fidélité de la reprise », « La quête du Graal », « La table ronde » ainsi que pour le complément d'information sur Chrétien de Troyes.

Conception numérique : Primento,
le partenaire numérique des éditeurs.

Ce titre a été réalisé avec le soutien de la Fédération Wallonie-Bruxelles, Service général des Lettres et du Livre.